DeDicaDo a ToDoS
LoS que Tienen
un pequeño aTorRanTe
en un Rincón DeL CoRazón.

Dirección de arte: Trini Vergara
Diseño: Raquel Cané
Ilustraciones: Bruno Ferrari
Edición: Cristina Alemany

© 2006 Aníbal Litvin-Mario Kostzer
© 2006 V&R Editoras S.A.
 www.libroregalo.com

Argentina: Demaría 4412 (C1425AEB) Buenos Aires
Tel./Fax: (54-11) 4778-9444 y rotativas
e-mail: editoras@libroregalo.com

México: Av. Tamaulipas, 145 - Colonia Hipódromo Condesa
CP 06170 Delegación Cuauhtémoc - México D. F.
Tel./Fax: (5255) 5220-6620/6621 • 01800-543-4995
e-mail: editoras@vergarariba.com.mx

ISBN: 978-987-612-018-0

Impreso en Argentina por Mundial Impresos S. A.
Printed in Argentina

Litvin, Aníbal
El manual del pequeño atorrante / Aníbal Litvin y Mario Kostzer; ilustrado
por Bruno Ferrari - 1a ed. - Ciudad Autónoma de Buenos Aires: V&R, 2006.
80 p.: il.; 16x22 cm.

ISBN: 978-987-612-018-0

1. Humor Infantil y Juvenil Argentino. I. Kostzer, Mario II. Ferrari, Bruno, ilus.
III. Título
CDD A867.9282

ANÍBAL LITVIN - MARIO KOSTZER

EL manual
DEL pequeño
ATORRANTE

Declaración de Derechos del
Pequeño Atorrante

El pequeño atorrante tiene derecho a llorar, a chillar y a patalear aun cuando no tenga razón.

El pequeño atorrante tiene derecho a ser el dueño del control remoto de todos los televisores y demás artefactos electrónicos que haya en la casa.

El pequeño atorrante tiene derecho a pedir que le compren de todo, tanto a padres como a abuelos o tíos.

El pequeño atorrante tiene derecho a reírse de los aparatos en los dientes de sus hermanos o sus amigos.

El pequeño atorrante tiene derecho a inventar alguna enfermedad cuando no quiere ir al colegio.

El pequeño atorrante tiene derecho a una comida digna: hamburguesas, salchichas y papas fritas. Y helado de postre, siempre.

El pequeño atorrante tiene derecho a dejar tirada la ropa (y todo lo que usa) donde él crea justo y necesario.

El pequeño atorrante tiene derecho a ponerse cualquier ropa menos la que le indiquen sus mayores.

El pequeño atorrante tiene derecho a aprender nuevas tecnologías jugando 12 horas por día a jueguitos de PC, PlayStation o similares.

El pequeño atorrante tiene derecho a tapar sus oídos con sus dedos cuando sus mayores lo retan.

El pequeño atorrante tiene derecho a ser feliz, haciendo lo que se le dé la gana.

5

Enseñanzas para pequeños atorrantes

Nunca le digan a mamá que tomar la sopa es feo.
Simulen que la toman y cuando ella se distraiga, se dan vuelta
y la vuelcan en la maceta más próxima.

Si en el aula alguien se portó mal, ustedes quédense en silencio.
No deben decir quién fue: basta señalarlo con el dedo.

Hay que querer y respetar a los abuelos... así después les pueden
pedir dinero sin que se entere mamá.

No se copien en las pruebas. Alguna vez hay que aprender: denle
unos pesos al mejor alumno y que él se las escriba directamente.

No le roben plata a mamá. Eso está muy mal. Sáquensela
al abuelo, que casi no se da cuenta de nada.

No hagan juegos de manos con sus compañeros en los recreos.
¿Les parece bonito agarrarse a trompadas? Mejor darles patadas
en el trasero, que es más divertido, y sirve de entrenamiento
para el fútbol 5.

Y por si no les quedó claro
que el juego de manos está mal...
mejor prueben a tirarse con una gomera.
Es más divertido.

Sacarte un moquito y comértelo sin que nadie te vea.

Eructar la gaseosa fuertemente diciendo palabras como "Mamá", "Papá" o "¡Dale Boca!".

Decir todo el abecedario eructando.

Limpiarte debajo de las uñas con un escarbadientes y volverlo a poner en el escarbadientero.

Jugar con tus amigos a ver quién escupe más lejos. Practicar a solas en tu habitación contra el vidrio de la ventana.

Cambiarle a la abuela la crema pastelera para la torta que está haciendo por mayonesa.

Eructar pero recitando la lección que tenés que dar mañana. (Tus padres no podrán retarte porque dirás que es tu forma de retener los conocimientos).

Tomar la cabeza de tu hermano mayor y hacerle creer que le escupís el pelo cuando en realidad, le tirás solamente aire. (Practicalo, es muy efectivo, se pone re loco.)

Conductas del atorrante en la mesa

Pequeña guía de malos modales

❧ Meter el dedo en el tarro de dulce o en cualquier otro tarro que se encuentre cerca.

❧ Pasarle la lengua al plato cuando quedó salsa.

❧ Sacarle toda la miga a un pan y dejarlo con un agujero de lado a lado.

- Pasarle la lengua al plato cuando quedó crema.

- Pasarle la lengua al plato... siempre, aunque no haya quedado nada.

- Cuando llega la torta de cumpleaños, ser el primero en meter el dedito en el chocolate o en sacarle los confites.

- Usar la servilleta como pañuelo si estás resfriado. (Y si no estás resfriado, también.)

- Sacarle la última papa frita del plato a tu hermano.

- Meterse una banana entera en la boca y tratar de hablar.

- Esta es difícil: tomar un cañón con dulce de leche, empujar hacia afuera el dulce de leche con la lengua, comerse el dulce de leche y dejar la masa.

- Tirarse salsa encima, pasarle pan a la remera y comerse el pan.

- Hacer una casita con el puré como si fuera plastilina.

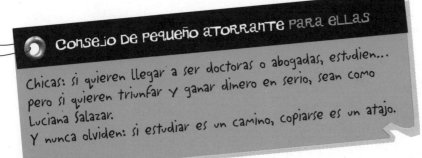

Consejo de pequeño atorrante para ellas

Chicas: si quieren llegar a ser doctoras o abogadas, estudien... pero si quieren triunfar y ganar dinero en serio, sean como Luciana Salazar.
Y nunca olviden: si estudiar es un camino, copiarse es un atajo.

¿CUÁN ATORRANTE SOS?

Respondé con sinceridad estas preguntas:

Cuando tu mamá te reta por algo malo que hiciste, tu reacción es:

a) Tirarte a sus pies y pedirle perdón llorando.

b) Tirarte a sus pies y pedirle perdón llorando (pero de mentira).

c) Echarle la culpa a todo ser humano que esté
a diez cuadras a la redonda.

d) Retarla a ella por ser una mala madre que te enseñó
a ser un mal chico.

Cuando te ponen un 1 en la prueba de matemáticas y tus padres se enteran, vos...

a) Afirmás que la próxima vez te esforzarás
para estudiar más.

b) Afirmás que la próxima vez te esforzarás más...
para copiarte (esto último lo pensás pero no lo decís).

c) Le pedís a tu mamá que hable con la maestra
de matemáticas porque ella te tiene entre ojos
y esa prueba estaba para un 6 y no para un 1.

d) Les echás la culpa a tus padres por no haber heredado
de ellos cualidades genéticas para ser bueno
en matemáticas.

Cuando tu padre te pesca mirando páginas eróticas en Internet vos decís:

a) "Perdón, no lo volveré a hacer."

b) "Buscaba en Google *anatomía* y saltaron estas imágenes."

c) "No sé, mamá me pidió que le abriera sus emails y encontré esto."

d) "Vení, sentate conmigo. Si no entendés algo, yo te explico."

Cuando tu hermano te pide que le prestes algo tuyo (un CD, un juguete, ropa), le contestás:

a) "Usalo pero cuidámelo."

b) "¡Qué lástima! Justo ahora lo iba a usar yo."

c) "Cómo no, son 100 pesos."

d) "Si supiera que realmente sos mi hermano, te lo prestaría, pero el otro día escuché algo que mamá dijo sobre vos y ahora no estoy tan seguro..." (ni de que seas mi hermano ni de prestártelo).

TEST

RESULTADOS

Mayoría de respuestas "a": no sólo no sos atorrante sino que tenés una vida muy aburrida. Y si no sos el chico al que todos gastan en el colegio, le pegás en el palo.

Mayoría de respuestas "b": Sos bastante pillo, pero como tenés buen corazón, no podés pasar la barrera para convertirte en un atorrante hecho y derecho.

Mayoría de respuestas "c": sos un atorrante de gran importancia y muchas de las canas que hoy tienen tus padres te las deben a vos.

Mayoría de respuestas "d": Estate atento. El FBI ya debe haber pedido tu captura.

Tipos de MOQUITOS

Los pequeños atorrantes saben que está mal sacarse los mocos pero a veces se les van los dedos (o los moquitos se salen por su cuenta). De acuerdo a cómo salgan, así son:

Moco suicida: es aquel que sale disparado al vacío cuando estornudás y suele dar en una pared, en el parabrisas del coche o en la cara de alguien.

Moco Increíble Hulk: es verde, verde (y grande).

Moco Bart Simpson: completamente amarillo.

Moco Trapecista: es aquel que anda colgando de tus narices cuando te da un ataque de tos.

Moco canilla: gotea de la nariz.

Moco tozudo: es el moco que se aferra a quedarse pegado a tu dedo una vez que te lo sacás de la nariz. Lo único que conseguís es cambiarlo de dedo, pero nunca lo despegás de tu cuerpo.

Moco espinoso: es aquel que sale mezclado con pelos de la nariz.

Moco escondido: es aquel que pegás en la pared o en la parte baja de algún mueble, tratando de que nadie se dé cuenta. Suele durar años y con el paso del tiempo se termina confundiendo con un chicle.

Moco del cielo: es el moco que les mostrás a los demás cuando levantás la cabeza y mirás hacia arriba.

Moco pompa de jabón: es el que se te hace cuando estás resfriado y forma una burbuja que explota.

NiCKS
ATORRANTES
para tu Messenger

BinLadenmetienemiedo

Soytanre-kapoquevoyatenermasguitaqueMessi

Transokonvariasyningunalosabe

Soylibre_Encerreamiviejaensuhabitacion

Hoymekopietodalapruebaylamaestranoseavivo

Letoke_lacolaalaprofedegimnasia

Atorranteadas con los ring-tones

Hoy la tecnología te permite hacer atorranteadas divertidas. Veamos qué podés hacer con el celular de tu papá, tu mamá y hasta con el de tus queridos hermanos.

- Si tu papi es policía, ponele el ring-tone de "El Inspector" de la Pantera Rosa y llamalo cuando esté en la comisaría junto a sus compañeros.

- Si tu mamá es una abogada seria, ponele la música de "El show de Carlitos Balá" y llamala cuando sepas que está en una reunión con clientes.

- Si tu papi es diputado, intendente o concejal, ponele el ring-tone de "El Padrino" y que suene cuando esté dando una conferencia de prensa.

- Si tu mami es una maestra muy exigente, ponele el ring-tone de "Barney" y llamala justo cuando sepas que está tomando una prueba.

- Si tu hermano está con la novia a solas, ponele el ring-tone de Silvina Luna que diga "Hola, mi amorcito" (escondete en un lugar cercano para ver cómo la novia le hace tragar el celular).

Ocasiones en que LLORAR

Te servirá para conseguir lo que desees

Para pedir que te compren algo que te están negando hace mucho tiempo (por ejemplo, si pediste un jueguito para la PC hace dos minutos y te dijeron "no").

CONSEJO DE ORO: cuando estés solo, dejá la PC por un minutito y practicá el llanto. Si no te sale algo bien compungido y doloroso, pensá en cosas que te hagan mal, que te arranquen una lagrimita. Si no hay nada que te haga llorar... nene: ¡ya sos más que un pequeño atorrante!

Para pedir golosinas en el quiosco cuando tu padre no te quiera comprar. (No demasiado llanto, porque sería exagerado por un chicle, pero unas lágrimas y unos sollozos sirven. Fijate que el quiosquero te vea: a lo mejor se apiada de vos y te regala algún caramelo.)

Para que le echen la culpa de algo a tu hermana. (Tené en cuenta que ella también llorará para echarte la culpa a vos. Así que siempre tenés que llorar primero... y más fuerte.)

Para que tu abuelo te defienda cuando tu mamá te rete por alguna travesura que hayas hecho.

Para entrar a tu casa después de que te hayan puesto un 1 en una prueba. (Nadie te retará, porque creerán que sos responsable y por eso llorás, o que es de impotencia ante una injusticia, porque la maestra es mala.)

Para culparte por algo que hayas roto. (Esto también servirá para evitar el reto. ¡Ninguna madre es tan desalmada como para retar a alguien que llora porque hizo algo mal!)

VERDADES Y CONSEJOS

PARA PEQUEÑOS ATORRANTES

EL centrifugado de un lavarropas no hace que las lombrices se mareen. Sin embargo, ¡hará que los gatos se mareen!

- Las pelotas de básquet hacen marcas asi de grandes en el techo.

- No hay que tirar pelotas de básquet hacia arriba cuando el ventilador del techo está encendido.

- Los cristales de las ventanas (incluso los dobles) no frenan a una pelota golpeada por un ventilador de techo.

- Un niño de 6 años puede hacer fuego con una piedra afilada aunque un padre de 35 años le diga que eso solo lo hacen en las películas.

- Una lupa puede hacer fuego incluso en un día muy nublado.

- Las bolsas de basura no son buenas como paracaídas.

- A los juguetes de plástico no les gustan los hornos. Lo mismo vale para los microondas.

PREGUNTAS TÍPICAS

DE CHICOS ATORRANTES

- "Mamá, ¿por qué tengo que ir a la casa de la tía Martha si siempre me aburro?"

- "Mamá, ¿por qué tuviste un hijo como mi hermano?"

- "Mamá, ¿por qué tengo que ponerme el buzo si no hace tanto frío?"

- "Mamá, ¿por qué a él le comprás y a mí no?"

- "Mamá, ¿me comprás un chupetín? y te juro que no te jorobo más"

- "Mamá, ahora que me compraste un chupetín, porfi... ¿no me comprás también un chocolate? y te juro que no jorobo más"

- "Mamá, ¿cuándo termina el colegio?"

- "Mamá, ¿por qué tengo que ir al colegio?"

- "Mamá, ¿por qué tengo que estudiar inglés si nunca voy a vivir en Inglaterra?"

- "Mamá, ¿por qué no puedo ver el canal que tienen ustedes y hace rayitas?"

- "Mamá, ¿no me comprás una Play Mega 346,5 de 320 pixels con capacidad para tres millones de juegos con MP3, banda ancha y celular?"

- "Mamá, ¿por qué cada vez que te pido que me compres algo vos te ponés loca y te arrancás los pelos?"

Qué hacer si se te escapa un pedito

1 Echale la culpa al perro.

2 Si no tenés perro, echale la culpa al perro del vecino,
que es tan grande que "lo que se tira se siente desde acá".

3 Echale la culpa a tu hermano.

4 Echale la culpa al que esté sentado a tu lado.

5 Si no tenés a nadie sentado a tu lado, echale la culpa
"a un amigo imaginario" que tenés a tu lado. Pensarán
que estás medio loquito y se olvidarán del pedito.
(Después de todo, estar loco es más grave que desahogar
la inflamación intestinal.)

Guía para saber si un chico no es ATORRANTE

Vos ya sabés que sos atorrante, buen chico, pero atorrante al fin. Pero

¿qué pasa con otros? ¿Merecen ese calificativo que tan bien te has ganado?

Estas son señales que te indicarán que un chico NO es atorrante.

✳ Hace todos los deberes ni bien llega del colegio.
✳ Su ídolo es *Patoruzito* y no *Bart Simpson*.

6 Decí que es el aroma del Riachuelo. Si vivís en La Rioja o en Neuquén, insistí en que es el aroma del Riachuelo. Tan podrido está que el olor llega a todo el país.

7 Decí que tenés la nariz tapada por un resfrío y que no podés saber si fuiste vos.

8 Contraatacá: echale la culpa a quien te eche la culpa.

9 Decí que son las cañerías, porque hace rato que papá las tiene que destapar y nunca lo hace. (Eso le hará recordar a mamá que papá nunca hace nada los fines de semana, salvo mirar fútbol.)

10 Echale la culpa al canario: "Mirá, mamá, tan chiquitito y sin embargo, qué chancho..."

11 Y cuando no sepas qué decir, simplemente exclamá: "¡Me gasifiqué!".

❋ Quiere ser abogado en vez de ser colectivero.

❋ Cuando juega al poliladron, siempre quiere ser *poli*.

❋ Jamás rompió ninguno de sus juguetes.

❋ Jamás discute con la mamá cuando ella le dice que se ponga una remera horrible.

❋ ¡Le presta ropa a su hermana!

❋ Si el hermano le pide la Play para jugar mientras él la está usando, ¡deja de jugar y se la presta!

❋ La palabra más fuerte que se le escuchó decir fue: "tonto".

❋ Quiere ser como Sarmiento y no como Carlitos Tévez.

Lugares infalibles para esconder machetes

En La media

Hacés que te rascás la pierna, te agachás y mirás todo.

Dos versiones: podés tener un papel escrito con el material necesario dentro de la media.

Podés tener todo escrito en la misma pierna.

Te bajás la media, simulás que te pica y te estás rascando... y copiás, si es que no tenés unos pelos enormes que te dificulten la lectura.

Atención: no te agrandes y coloques un libro entero dentro de tu media, ya que formará un bulto enorme que llamará la atención de la maestra.

Para colocar un libro entero, en próximas ediciones veremos otro paso: ponerse un yeso donde pueda caber toda una biblioteca completa.

Entre Los Dedos

Mantenés los dedos cerrados, pasa la maestra
y al abrirlos, ¡oh, alegría!, ves todas las fórmulas
matemáticas escritas con precisión. También sirve
para acceder a conceptos rápidos que te permitan
hilvanar algunas frases coherentes. Ejemplo:
"S. Martín cruzó ls Andes".
No te sacarás un 10 pero para zafar servirá.
Usando las dos manos tenés posibilidad de colocar
16 fórmulas o conceptos. Si te estás mirando las manos
fijate que no usamos la parte exterior de los dedos
meñiques y pulgares... ¡Porque si no, se ve todo, nene!
Ahhhh... ahora ya sabés cuáles son
los meñiques y los pulgares.
Si tenés letra chica podés escribir más cosas. Practicalo.

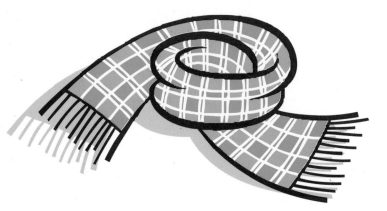

En la Bufanda

Del lado de afuera, la usás como bufanda, pero del otro,
le ponés un papel pegado a lo largo, escrito con todo el libro
de historia argentina.

El asunto es: ¿qué hacés en verano con 32 grados a la
sombra? No importa, ¡también usás la bufanda! Excusas
hay varias: que tu mamá tiene miedo de que refresque de golpe
con el tiempo loco que viene haciendo. También, que has leído
que se viene una nueva Era Glaciar y querés estar preparado.
Otras opciones: que tu hermano te hizo un moretón que te da
vergüenza mostrar (dar lástima es siempre bueno). También
que tenés anginas o que una chica te dio un beso en el cuello,
te dejó una marca y te da vergüenza que los demás se burlen.
Ninguno de tus compañeros te dirá nada porque,
mientras vos le explicás esto a la maestra,
ellos estarán utilizando sus respectivos macheteś.

En La espaLDa De La maESTRa

Esta es para atorrantes atrevidos. Vos ya sabés que tenés la prueba. Ni bien la maestra entra a la clase te acercás a ella, la abrazás con estilo "chupamedias", diciéndole: "Cómo la quiero, señorita" y le pegás en la espalda un machete en forma de afiche. Cuando la maestra vaya y vuelva entre los bancos, te podés copiar todo. Sirve para quedar bien con tus compañeritos, ya que ellos también pueden usarlo.

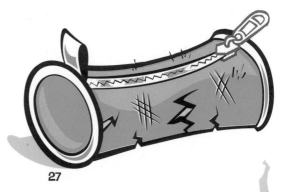

CÓMO DAR LÁSTIMA a La maestra para ZAFAR de una LECCióN

Antes de empezar la clase, acercate a la maestra y decile algunas de estas cosas:

"No hay problema si me llama para dar lección, pero si me pongo a llorar es porque estoy recordando a mi perrito, *pobechito*, que está muy enfermo." (Hay que decir "pobechito" para dar más lástima y causar el impacto emocional por el animalito.)

"Señorita, la lección la sé, pero los gritos que pegaban mis padres cuando se peleaban no me dejaron estudiar bien."

"Seño: si al hablar se me caen tres dientes, discúlpeme. Mi tío no quiso pegarme tan fuerte."

"Quédese tranquila: el médico al que me llevó mi mamá por el problema respiratorio que tengo, me dijo que no me iba a asfixiar dando esta lección."

"Estudié tanto y justo cuando venía para el colegio tenía que caer sobre mi cabeza el balde de metal de un albañil. Me olvidé todo." (Resulta mejor si te pegás un algodón con cinta scotch, simulando un bruto chichón. No le pongas salsa de tomate porque la maestra se puede asustar.)

Respuestas *divertidas*
para pruebas
en las que no sabés nada
(pero a lo mejor hacés reír a la maestra y te perdona...)

Pregunta: ¿Podría nombrar algún vegetal sin flores?
Respuesta: Podría, pero no quiero.

Pregunta: ¿Qué es el Barroco?
Respuesta: Estilo de casas hechas de barro.

Pregunta: ¿Qué es un alfarero?
Respuesta: El que tiene un farol.

Pregunta: Nombre un tipo de gusano que no sea la lombriz de tierra.
Respuesta: La lombriz de mar.

Pregunta: Hable sobre los movimientos del corazón.
Respuesta: El corazón siempre está en movimiento, solo está parado en los muertos.

QUÉ HACER

PARA NO ABURRIRSE EN CLASE

Un chico atorrante ama ir al colegio (por los recreos y las horas libres) pero hay momentos en los que se aburre. ¿Qué hacer?

Algunos consejos:

- Tratar de embocar un avioncito de papel por la ventana del aula.

- Jugar con tus compañeros a ver quién hace el globo más grande con el chicle.

- Comerse las uñas y ver cuán lejos podés escupirlas (sin apuntarle a ningún compañero ni a la maestra).

- Jugar con tus compañeros a ver quién se pone más caramelos en la boca sin ahogarse.

- Armar la mala palabra más larga del mundo.

- Desatarle los cordones al único que está prestando atención a la maestra.

- Tirar de un hilito de tu pullover y ver hasta dónde lo podés sacar sin romperlo (al hilito y al pullover).

- Practicar posiciones para dormir en clase haciendo creer que estás escuchando la lección.

- Y si encontrás la posición correcta: ¡dormir!

"Es que con los ojos cerrados me entra mejor lo que usted explica, *seño*."

"Estaba probando si el banco es resistente a mi baba."

"Estaba imaginando la Batalla de San Lorenzo."

"El doctor me dijo que haga ejercicios de yoga para aliviar el estrés del colegio."

Cómo sacarse de encima a un compañero PLOMO

✳ Decile que no se acerque porque tenés un resfrío horrible.
Si no te cree, estornudale con salpicada incluida.

✳ Decile que comiste algo que te hace vomitar cada dos minutos.

✳ Decile que le escondiste un regalo en algún lugar del colegio,
que lo vaya a buscar.

✳ Reíte a carcajadas de cada cosa que diga. Creerá que estás loco
y dejará de molestarte.

✳ Decile que no se junte con vos porque la maestra va a echar
del colegio a todo el que esté a tu lado.

✳ A todos los demás contestales bien, pero al plomo contestale
en un idioma raro, que podés inventar.

✳ Invitalo a comer a tu casa el día que no haya nadie.
Comida, tampoco.

✳ Contale un sueño espantoso donde él termina siendo comido
por unas arañas gigantes.

✳ Y si no entiende: ¡decile que es un plomo!

Actos escolares:

Cómo zafar de participar en ellos

❋ Hacete el afónico.

❋ En los ensayos, tartamudeá. Decí que te ponés muy nervioso.

❋ Bailá todo al revés de lo que bailan los demás. (Te echarán de una patada.)

❋ Cuando ensayes, olvidate la letra. ¡Son los nervios!

❋ El día del acto, aparecé con un disfraz de payaso. Cuando te digan que era el del Sargento Cabral, decí que tu mamá se equivocó. Y a tu mamá, decile que te pidieron un disfraz de payaso.

❋ En el ensayo general del día previo, hacé que te caés del escenario y que sufrís un golpe que no te va a dejar actuar. (No seas nabo, no te caigas de verdad.)

❋ Y esta es la más difícil: sé abanderado. Zafarás de actuar, pero para eso hay que estudiar muchísimo.

Conductas del atorrante en la Plaza

Quedarte en la hamaca mucho tiempo, gozando a los otros chicos que te miran y te miran y tienen que esperar que te bajes para poder hamacarse ellos.

Comprarte un chupetín, que se te caiga en el arenero, levantarlo y seguir chupándolo como si nada.

Esconderte atrás de un árbol para que tu mamá no te vea ni te encuentre y ver cómo se preocupa.

Subirte a un árbol y saludar a tu mamá desde la rama más alta.

Hacer guerra de arena con tu hermano (pero llenarlos de arena a todos, claro).

Jugar a la pelota con tus amigos en un lugar por donde pasan bicicletas o personas caminando.

Pedirle a mamá un copo de nieve (de azúcar). Esperar a que el señor tarde cinco minutos en hacerlo y después, decirle a tu mamá: "Ahora ya no lo quiero, comételo vos".

Arrastrarte por el piso (y ensuciarte todo, por supuesto) para ver si podés agarrar una paloma.

Probar el maíz que le estás dando de comer a las palomas.

Y como siempre, hagas lo que hagas, volver a tu casa todo sucio y con algo roto (aunque nunca puedas explicar cuándo, dónde, cómo y por qué sucedió.)

- Papas fritas mojadas en mostaza.
- La masa de las empanadas y dejar el relleno.
- El relleno de las empanadas y dejar toda la masa.
- Ñoquis fríos con dulce de leche. (Probalos, no son tan feos.)
- Galletitas dulces rellenas con mayonesa.
- Un tomate crudo (eso no es malo, lo malo es cuando se te chorrea todo el juguito por tu nueva remera blanca).
- Lo blanco del huevo, escupiendo la parte amarilla, si por casualidad entra en tu boca, como si fuera la peor porquería que probaste en tu vida.
- Pan mojado en gaseosa.
- La cáscara del huevo, dejando todo lo de adentro.
- Salchichas rellenas de chizitos.
- La milanesa mojada en la parte amarilla del huevo frito. (¡Guau!)
- Pizza mojada en el jugo de naranja.
- Cualquier cosa salada mojada en cualquier cosa dulce (o viceversa).

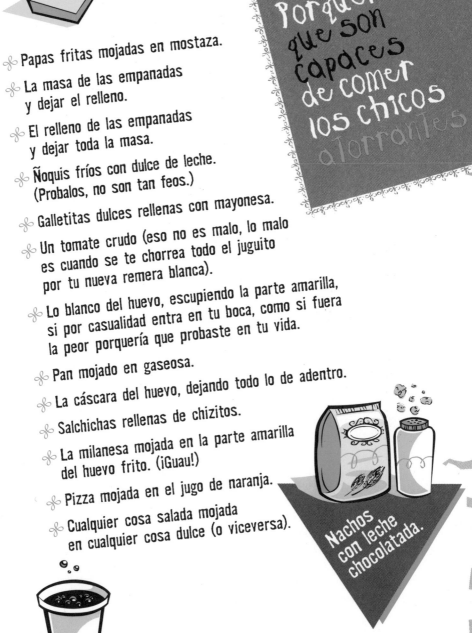

Porquerías que son capaces de comer los chicos atorrantes

Nachos con leche chocolatada.

BLOGS ATORRANTES

Ahora está a tu alcance armar blogs donde podés escribir lo que quieras. Algunas ideas para que te diviertas:

EL BLOG DE LA MAGIA

Como todavía sigue la onda de *Harry Potter*, te hacés pasar por mago y escribís fórmulas horribles para que alguno las haga en la casa. Imaginate que un chico las lea, se las crea y enchastre toda su habitación mezclando barro con patas de langosta verde, más mermelada de durazno y una cebolla picada... ¡Genial! (También te podés imaginar lo que sus padres querrán hacer después con él.) Podés inventar las mezclas que quieras y decir que sirven para tener diferentes poderes.

(www.vostambienpodessermagocomoharry.blogspot.com)

EL BLOG DEL Chico ESTUDIOSO

Es para que crean que te gusta estudiar. Todos los días escribís que te encanta el estudio, que lo mejor es hacer los deberes, que ir a la escuela es *lo más*. Y les contás a tus papás y a la maestra sobre tu blog. Ellos lo leerán y pensarán que sos realmente estudioso.

Eso sí: hay que tardar tres minutos en escribir algo en el blog y después ir a jugar.

(www.vivalaescuela_mimaestrayelestudio.net)

EL BLOG DE LAS CHICAS CONTRA LOS CHICOS

Participan solamente chicas. Todas pueden dejar sus quejas contra los chicos. Que las empujan, que les eructan en la cara, que las corren, que las molestan siempre, que son antipáticos. Cada chica puede denunciar a un chico plomo con nombre y apellido y darle con un caño.
(www.loschicossonlopeordelmundo.weblog.com.ar)

Un BLOG TRAMPA

Le ponés un nombre que llame la atención para que muchos entren. Y cuando entren lo único que leerán será esto, escrito bien grande: "A TODO EL QUE ENTRE EN ESTE BLOG DENTRO DE 7 DÍAS LE OCURRIRÁ ALGO ESPANTOSO."
Muchos creerán que en 7 días les pasará algo horrible.
¡Y algunos no podrán dormir! ¡Jajaja!

OTROS nombres para que entre MUCHA GENTE Y SE ENSARTE:

www.tehacemoslosdeberes.blogger.com
www.lulysalazar_comonuncalaviste.com
www.ganateunauto.blog.com

LO PEOR
QUE LE PUEDE PASAR
A UN ATORRANTE

- Ir al dentista.
- Tener prueba sorpresa.
- Recibir pañuelos de regalo para tu cumpleaños.
- Que el médico te prohíba comer caramelos.
- Que en tu cumpleaños recibas cuatro regalos iguales (¡y que encima sean una porquería!).
- Que tu padre vaya a verte jugar al fútbol.
- Ir a un restaurante y tener que estar sentado durante dos horas.
- Que tu mamá te mande a ordenar tu dormitorio.
- Que te obliguen a estudiar piano.
- Que te obliguen a estudiar inglés.
- Que te obliguen a estudiar computación.
- Que te obliguen a estudiar.
- Que te obliguen.

EL DÍA FELIZ DE UN pequeño atorrante

Se despierta contento. Su madre
se quedó dormida y no lo despertó
para ir al colegio.

08.02 Decide seguir durmiendo hasta 11.10,
después de haber escuchado a mamá decir
algo como: "Levantate igual, no importa si llegás tarde".

11.10 Se despierta y prende simultáneamente la tele, la compu
y los jueguitos. Mamá, papá o la señora que limpia
le dan una orden de levantarse que él no escucha
(por el ruido que hacen todos esos aparatos juntos).

11.12 El pequeño atorrante le grita a alguien:
"¡Quiero comeeeeeer algooooooo!" Alguien le contesta:
"Levantateeeee, ¿además de que no fuiste a la escuela
querés que te atiendan?"

11.14 El pequeño atorrante
ha gritado tanto que alguien le trae
galletitas, papas fritas o lo que sea,
con tal de que se calle.

12.00 Va al baño. No se baña, no se peina, se cepilla los dientes pero después come 18 galletitas más.

12.04 Va al comedor y enciende el televisor. Si alguien ya lo estaba mirando, cambia el canal sin importarle. El pequeño atorrante sabe que con tal de que no moleste, nadie le va a decir nada.

12.07 El pequeño atorrante grita: ¡"Quieeeero comeeeer!" Y el mayor a cargo le responde: "¿Ooootra vez? ¡No vas al colegio, molestás y seguís dando órdenes!"

12.10 Luego de 3 minutos de llanto y revoleo de almohadones por parte del pequeño atorrante, aparece la comida. El pequeño atorrante come dos bocados y deja el resto porque ya estaba lleno de tantas galletitas.

13.05 Alguien mayor le dice al pequeño atorrante que llame a un compañerito para pedirle los deberes.

13.10 Después de 145 gritos por parte del adulto, el pequeño atorrante llama al compañerito y hablan de lo que pasó en el recreo, del partido de fútbol, de alguna noviecita, de la pancita de la maestra y se olvida de pedir los deberes.

14.05 Al pequeño atorrante le dan la orden de bañarse, peinarse y ponerse ropa limpia.
Responde que recién lo hará cuando terminen los dibujitos que a él le gustan.
(Esos dibujitos terminan 8 horas después.)

15.12 Cansado de jugar a los jueguitos y mirar la tele, quiere comer nuevamente.
Pide la comida que no comió al mediodía.
El mayor le dice que no es hora de comer eso.

15.15 El pequeño atorrante empieza a comer la comida del mediodía, recalentada. Cuando va a tragar, dice: "Mamá (o papá), ¡no me gusta la comida recalentada!"

15.17 Duerme una siestita para tener energía al día siguiente y así poder recuperar el día perdido en el colegio.

16.30 Se despierta y luego de que rompió la paciencia, mandan al pequeño atorrante a la casa de un compañerito para que copie los deberes.

18.10 Luego de haber tomado la leche con su amigo y de haber jugado 3490 jueguitos diferentes, vuelve a casa sin los deberes y dice: "Quiero comeeeer".

18.11 Le dicen que le darán de comer solamente si hizo los deberes con su compañerito. El pequeño atorrante dirá que justo ese día... no hubo deberes.

18.15 Se encierra en su habitación y juega otros 3490 jueguitos más mientras mira la tele.

19.12 Lo mandan a bañar, a peinarse y a ponerse ropa limpia. Abre la ducha, hace ruido como que se baña, se moja un poco el pelo y se tira encima 300 litros de perfume para parecer limpio.

Come algo, tipo una salchicha fría o una banana, porque no aguanta hasta la hora de la comida.

 A la hora de la cena, ¡una sorpresa! Su hermano se ha quedado en la casa de un amigo y no tiene que pelearse por el control remoto con nadie.

21.45 Lo mandan a dormir porque mañana sí o sí tiene que ir al colegio. La mamá pone ocho despertadores para que nadie se quede dormido.

21.46 El pequeño atorrante se cepilla los dientes y luego come 12 caramelos que tenía escondidos debajo de la almohada.

 Papá o mamá van a ver si el pequeño atorrante está durmiendo. Lo ven acostado. Le dan un beso.

 El pequeño atorrante finalmente termina de dormirse luego de jugar 3490 jueguitos más (con el volumen bajo) y haber chateado con 320 amigos diferentes. ¡Un día perfecto!

45

QUÉ SE DEBE GRITAR

para llamar la atención

No es cuestión de chillar cualquier cosa y emitir cualquier sonido improvisado, sin pensar en su entonación, intensidad y efectividad para lograr el objetivo deseado. Estos gritos son infalibles. Practicalos y, si es posible, grabate y escuchalos, para comprobar cómo suenan.

¡UAAAAAAAYYY! (Para avisarle a tu papá que tu hermano te pellizcó.)

¡UAAAAAAAAAAAAAAAAAAAAAAYYY! (Para avisarle a tu papá que tu hermano te pellizcó y no pudiste devolvérsela.)

¡PORFiiiiiiiiiii! (Para pedir que te compren algo.)

¡DaaLeeeee, DaaaaaLeeee! (Para que tu mamá te permita hacer algo que ella no quiere.)

¡BesssShhhhho! (Previo a pedirle a tu mamá algo que, seguro, no te va a permitir.)

¡NGaaaaaaaaa! (Cuando tu papá se comió el postre que querías.)

¡FFFFFFFFFFFFF! (Cuando vos querés ver otra cosa en la tele y tu hermana está mirando la novela.)

¡UYUYUYUYUYUYUYUY! (En voz bajita, para cuando te lastimaste con algo, no te duele, pero querés dar un poquito de lástima para que papá y mamá te abracen.)

D-DU-DU-DDD-DUU-DUUU (Para sacarle la lengua a alguien que se dio vuelta y no te está viendo.)

47

"Mamá preciosa, leí que hay un nuevo pegamento que te deja el florero igual a como estaba antes."

"Papucho hermoso, me estuve preocupando por tu seguridad... Mi consejo es que cambies los cristales de tu auto. Son tan frágiles que no soportan ni un pelotazo."

"Mamita de mi vida, la maestra me felicitó por la clase de biología donde demostré que un gato como el nuestro puede estar tres horas adentro de una heladera."

"Papito de mi amor, tu teléfono celular no sirve para hablar debajo del agua como te había asegurado el vendedor... Te mintió..."

"Papucho divino, mi profesor de básquet me dijo que puedo ser el nuevo Ginóbili... pero antes, ¿no me sacás la pelota de básquet del inodoro, que se me quedó atascada?"

"Mamita querida, para el Día de la Madre te voy a regalar un reloj digital porque las agujitas se salen por cualquier golpecito."

FRASES PARA DISTRAER A TUS PADRES CUANDO HICISTE ALGUNA MACANA

FRASES DE un Pequeño aTORRaNTe cuando se sacó un "1" en La PRUEBa

¡Prestá mucha atención!

- "Desde el primer día la maestra no me quiere."

- "Preguntó una cosa que dijo que no iba a tomar."

- "Lo sabía pero me puse muy nervioso."

- "No entiendo... si escribí todo lo que había explicado la maestra."

- "En el libro eso no estaba."

- "Me confundí por la forma en que hizo la pregunta."

- "Me tocó Tema 1, que era más difícil que el 2."

- "Me tocó Tema 2, que era más difícil que el 1."

"Los demás también se sacaron malas notas."

"Está tomando cosas que son del año que viene."

"Te prometo que en la próxima subo la nota" (a un 2, pero eso no se lo digas a mamá, porque le agarra un ataque).

TRUCO INFALIBLE PARA QUE CREAN QUE SOS UN BUEN CHICO

Paso 1: Pedís que te regalen un diario íntimo para escribir cosas que te pasan. Acordate: no lo compres, no gastes tu dinero.

Paso 2: Escribís en el diario una cosa distinta cada día. No escribas lo que quieras, sino algo como:

Hoy, lunes, estudié matemáticas 5 horas. No vi los dibujitos pero valió la pena, para sacarme mejores notas.
Hoy, martes, mamá me retó: siempre tiene razón.
Voy a portarme mejor para no hacerla enojar.
Sufro mucho por no ser un mejor hijo para mi papá y mi mamá.
Hoy, jueves, decidí algo importante: no jugar en la compu ni en la Play. Prefiero leer un libro para poder ser mejor.
Hoy, viernes, lloré toda la tarde: sé que las 20 amonestaciones que me pusieron en el colegio entristecieron a toda mi familia... (y otras cosas así.)

Paso 3: Dejás el diario a la vista de mamá o de papá... ¡SIN EL CANDADITO PUESTO!

Paso 4: Como todos los padres son chusmas, abrirán tu diario para ver qué escribís.

Paso 5: Al leer estas cosas, creerán que sos un chico bueno, estudioso, responsable, sensible y buen hijo.

Resultados:

Tus padres te darán más besos, por lo menos durante una semana. Alguien te cocinará tu comida preferida. Si hacés algo malo, te retarán menos o, directamente, no te retarán.

¡Pero cuidado! El efecto de esto durará una semana. Después se darán cuenta de que sos el mismo atorrante de siempre. Pero una semana sin que te reten... ¡no está mal!

En qué piensa

un pequeño atorrante mientras
su madre lo está retando
por algo malo que hizo

❧ Ojalá termine de retarme pronto,
porque en 5 minutos empiezan
los dibujitos que me gustan.

❧ ¿Dónde era que se compraban
los jueguitos para la compu?

❧ Si yo fuera Messi, seguro que no
me retaba tanto.

❧ ¡Qué suerte! ¡Hasta ahora
no me prohibió nada!

❧ ¿Por qué si "madre hay una sola"
me viene a tocar justo a mí?

❧ Si le pido que me compre chicles ahora,
seguro que me dice que no.

Ni bien termine
de gritar, me saco
los algodones
de los oídos.

Estrategias para cuando te sirven una comida que No te gusta

❧ El hígado se lo come el perro por debajo de la mesa. Vale para el gato... pero es más lento y hay que cortarlo más chiquito (al hígado, no al gato).

❧ El cereal se muele en un polvito muy fino y se esparce en la alfombra. Si no tenés alfombra, lo guardás en tu mano y lo soplás por la ventana.

❧ La lechuga se la come la tortuga por debajo de la mesa (si te la sirvieron junto con el hígado, fijate que la tortuga no se choque con el perro o el gato).

❧ Si algo no te gusta, sin querer se cae al piso y cuando lo vas a levantar, lo pisás.

❧ Milanesas de soja: agarrá una, te agachás y te la ponés como plantilla en la zapatilla.

❧ Todo lo que sea verdura puede ser camuflado en el jardín. Si no te gusta el pescado, inventá un ahogo con una espina imaginaria.

❧ Al ver la comida que no te gusta, ponete contento y empezá a aplaudir. Aplaudí tanto, que con tus manos golpeás el plato y hacés volar la comida a 10 metros.

Conductas del atorrante en el supermercado

* **Abrir** un paquete de papas fritas sin que mamá mire, comerse todo y dejar la bolsita vacía en el carrito.

* **Fijarse** si todas las tapas de mermelada están cerradas. Y si alguna se abre... ¡qué mala suerte!

* **Sacar** una naranja de debajo de la pila para ver cuántas se caen. Con latas no lo hagas, porque no es bueno que te caigan 340 latas encima.

* **Hacerse** el nenito bueno y decir: "¡Qué ricas las ciruelas!" delante del verdulero, para que te regale una.

* **Gritar** al lado del encargado: "¡Mamá, me parece que este yogur está vencido!"

* **Pedirle** 100 veces a mamá unas aceitunas rellenas con palmitos que cuestan mucho y además, nunca vas a comer.

* **Cuando** están por pagar, decir en la caja: "Fijate que no te den un billete trucho como el otro día".

* **Cuando** estés cerca de la cajera, decirle a los gritos a tu mamá: "Nunca habíamos estado en una caja tan lenta, ¿no, má?".

El espejo roto

Material: un jabón nuevo.

Acción: elegí una ventana (cuanto más grande sea, mayor será el susto). Con las esquinas del jabón, dibujá unas líneas en forma de estrella o de telaraña sobre el cristal.

Resultado: el primero que vea la ventana creerá que alguien ha roto el cristal, porque las marcas del jabón dejan una línea finita, y de lejos, parece que la ventana está rota. ¡Jijí!

A puertas cerradas

Material: unos metros de soga.

Lugar: un pasillo de edificio de departamentos. **Acción:** buscá una puerta que esté enfrente de otra. Atá los picaportes de las puertas entre sí, de manera que la soga quede bien estirada.

Resultado: los habitantes de las dos viviendas no podrán abrir las puertas de sus respectivas casas. ¡Jujú!

Sorpresas en la cama
Material: juguetes, objetos de plástico, muñequitos.
Acción: meté los objetos dentro de la cama de la persona a quien quieras hacerle la broma, entre las sábanas, a la altura de la cintura hacia abajo.
Resultado: cuando la persona se meta en su cama, se pegará flor de susto. ¡Ja!

Duerme, duerme, negrito

Material: pomada para los zapatos.
Acción: poné la pomada en la frente de alguien (tu hermano mayor, por ejemplo) cuando esté durmiendo profundamente.
Resultado: se pasará toda la noche tocándose la cara. Además, cuando se levante tendrá toda la cara manchada y, para sacarse la pomada, tardará un buen rato. ¡Jorojojó!

Polvos mágicos

Material: harina, talco o pimienta.
Lugar: debe hacerse en una habitación que tenga un ventilador de techo. **Acción:** subite a una silla y poné sobre las paletas del ventilador una buena cantidad de harina, pimienta o talco.
Resultado: la persona que encienda el ventilador llenará la habitación de hermosos polvos mágicos. ¡Tarán!

LA CASA iDEAL

para un pequeño atorrante

● En todas las habitaciones –incluido el baño– tiene un televisor transmitiendo dibujitos, series y partidos de fútbol.

● Tiene una habitación llena de CD´s con todos los jueguitos aparecidos en todo el mundo.

Lo que nunca, pero nunca, le tenés que decir a una chica que te gusta

G "¡Ja! ¡Te pusieron los aparatos en los dientes! ¡Qué horrible!"

G "¡Anteojuda!"

G "¡Tenés las patas chuecas, tenés las patas chuecas!"

G ¿Qué ring–tone tenés en tu celu? ¡Es un asco!"

- Tiene la heladera llena de todas las porquerías que le gusta comer. No hay sopas ni verduras.

- Tiene una pista de patinaje sobre hielo.

- Tiene una canchita de fútbol con arcos, red y con mejor césped que las canchas del Mundial.

- Tiene otra heladera llena de gaseosas.

- Tiene un freezer gigante con helados de todos los colores.

- Tiene una mucama que, además de coserle la ropa que rompe, ¡le hace los deberes!

- Toda una pared es una pantalla plana gigante donde pasan las películas que a él le gustan.

- Hay una habitación donde siempre están encerrados sus hermanos, que no pueden salir a molestarlo. (Les pasan la comida por debajo de la puerta.)

- En el patio de atrás tiene un parque de diversiones acuático, una montaña rusa, una pileta olímpica con 15 trampolines, una pista de skate y un zoológico privado. (Sí, es un patio bastante grande.)

- Y lo más importante: tiene una mamá y un papá que le permiten hacer de todo ¡y no lo retan!

- "Tu vieja es medio loca, ¿no?"

- "Mi mamá me manda al psicólogo pero cada día estoy más loquito."

- "El otro día, a propósito, me hice pis en la cama para ver cómo se enojaban mis papás."

- "¿Les tenés miedo a las cucarachas? ¡Qué naba!"

- "Estás más gorda."

- "Tus amigas son todas locas."

- "No tengo plata." (*)

  (*) Esta frase espanta a las mujeres de todas las edades. Lo entenderás cuando seas más grande.

"Gordo, sos más pesado que llevar un ladrillo en cada pestaña."

"Sos un pecho frío: más frío que una rana muerta en la Antártida."

"Estos tienen menos sangre que un mosquito recién nacido."

"El arquero está más dibujado que *Jay Jay el Avioncito.*"

Primeros auxilios
para pequeños atorrantes

✚ Si jugando te raspás y sale sangre, lo mejor es una venda. Una venda en los ojos de tu mamá, así no ve la macana que te mandaste.

✚ Si la herida es profunda te tenés que dar puntos. Lo tiene que hacer un médico y no tu abuela que sabe tejer.

✚ Contra el dolor de cabeza lo mejor es un martillazo en el dedo. Así te duele el dedo y te olvidás del dolor de cabeza.

✚ Si jugando al fútbol te rompés una pierna, lo mejor es atarle una tabla. Podés atarte la pierna a tu hermano, que para muchas cosas es de madera. (Es un chiste, nabo.)

Qué decirle al dentista
para que no te haga doler

Al escuchar alguna de estas frases, podés estar seguro de que él tendrá mucho más cuidado.

 "Doctor, ¿sabe que a mi anterior dentista lo mordí y le saqué dos dedos?"

 "Doctor, áteme que no quiero volver a romper otro consultorio."

 "Doctor, ¿sabe que mi tío, el abogado, mandó preso a un dentista?"

 "Doctor, áteme los pies porque al otro dentista lo pateé y le saqué dos dientes."

 "¡Doctor, no me haga doler!!!!!!!!!!!"
(Este pedido desesperado es para cuando no te haya dado bolilla con las demás frases.)

LLAMANDO a una PIZZERÍA

Le das al chico la dirección del depósito del cementerio.

Llamá a la pizzería diciendo: "¡Manos arriba! Esto es un asalto".

Preguntá si es posible alquilar una pizza en lugar de comprarla.

Preguntá si te la pueden mandar por correo electrónico.

Preguntá si tienen pizzas con gusto a Luciana Salazar.

Signos de que tu habitación ya es un asco

✳ Cuando las cucarachas usan zapatillas para no quedarse pegadas al piso.

✳ Los vecinos dejan la basura en la puerta.

✳ Arqueólogos encuentran restos de un dinosaurio en la mugre que hay detrás de tu cajonera.

✳ Viene un cocinero famoso a recoger hongos de abajo de tu cama.

✳ Hay algo verde y viscoso que te mira amenazadoramente desde el fondo de tu placard.

✳ Tus amigos vienen a visitarte con una máscara antigás.

✳ Steven Spielberg te ofrece un millón de dólares para venir a rodar su próxima película de ciencia ficción.

Conductas del pequeño atorrante en el cine

Corre por el pasillo y choca de frente con una persona que viene con un balde grande de pochoclo.

Come un poco del pochoclo que cayó en el piso sin que nadie lo vea.

Cuando otro habla, el pequeño atorrante hace "¡Sssshhhhh!" muy fuerte.

Si ya vio la película, se la cuenta toda a quienes lo acompañan.

Si el pequeño atorrante se aburre, patea la butaca de adelante.

Se sienta en el medio de la fila y, a mitad de la película, va al baño pisoteando a diez personas de ida y de vuelta.

Cuando termina la película sale y cuenta el final para que escuche la gente que está por entrar a verla.

Cosas "oportunas" que todo pequeño atorrante les debe pedir a sus padres

* Un día que hace 2 grados bajo cero:
  "¿Me llevás al zoológico?"

* El día en que mamá y papá discuten porque no alcanza
  el dinero: "¿Me compran una PC nueva?"

* El día en que toda la casa está revuelta y mamá
  se mata ordenando: "¿Puedo traer un perrito Rottweiler?"

MÁS PREGUNTAS PARA PONER NERVIOSOS A LOS PADRES

Los padres son gente buena pero, si les preguntás algunas cositas, ¡pueden ponerse muy loquitos! Por ejemplo:

 "Mamá, ¿por qué ya no se gritan con papá? ¿Se amigaron
o se están por divorciar?"

 "Mami, ¿puede ser que sin querer haya sacado 300 pesos
de tu cuenta en el cajero automático?"

✳ Ni bien mamá llega de trabajar diez horas: "Me olvidé de que tengo que entregar un trabajo sobre las Invasiones Inglesas, ¿me ayudás, que son solamente veinte carillas?"

✳ Después de comer un flan de postre: "Mami, ¿no me comprás un kilo de helado?"

"Mamá, ¿a qué edad puedo denunciarte en la policía por malos tratos?"

? "Papi, ¿es cierto que llegás tarde porque tenés más trabajo o te estás viendo con una chica?"

? "Mami, ¿por qué seguís haciendo gimnasia si no vas a adelgazar nunca?"

? "Papi, ¿a vos te gustaría que mamá se pusiera siliconas?"

? "Papá y mamá, ¿por qué hace rato que no hacen ruidos raros a la noche?"

TRUCO ATORRANTE INFALIBLE PARA GANAR DINERO

Le apostás a tu papito del alma un pesito o algo más.
Le decís que le harás pegar sus manos de tal manera
que no podrá salir de la habitación sin despegarlas.
Él se reirá y dirá que es algo imposible, así que aceptará
la apuesta.
Entonces le dirás que pegue sus manos rodeando
con sus brazos una columna o la pata gruesa de una mesa.
Por supuesto, nunca podrá salir de esa habitación
sin despegar las manos y te ganarás un peso o ¡100 dólares!,
si es que podés sacarle más dinero a tu querido padre.

Consejo de ORO:

antes de hacerlo verificá que en la habitación haya
una columna o una mesa de patas bien gruesas.
Nota: Si sos valiente, les podés hacer esta broma a varios
en un solo día y volverte millonario en pocas horas.

Excusas
para no tener
ORDenaDa
tu habitación

Decirlas con seguridad, con carácter, convencido de tu verdad.

- "Pero, cómo, mamá... ¿en tu cuarto no se sintió el terremoto?"

- "¿Sábés qué pasa? Los genios somos desordenados."

- "No acomodo nada porque la maestra nos dijo que el tiempo pone las cosas en su sitio."

- "¡Es mi habitación, mi desorden y mi problema!"

- "Todo esto no es desorden: es una manera de expresarse y lo estoy aplicando de la clase de Arte, donde me lo enseñaron..."

Mensajes
atorrantes
para enviar por
SMS

Lo tenés que hacer desde el celular
de un amigo, que sea desconocido
para quien recibe la broma.

ﾏ **Para tu padre:** Señor cliente, pase por la oficina de
nuestra empresa telefónica. Tiene una factura impaga
desde septiembre.

ﾏ **Para tu madre:** Presentando este mensaje de texto
en el Shopping, tendrá un 70% de descuento en todos
los locales.

ﾏ **Para la novia de tu hermano mayor:**
En este momento, tu novio está apretando a...
(poner el nombre de su máxima enemiga).

ﾏ **Para tu tío, el abogado:** Doc, ¡hay micrófonos
ocultos en su oficina!

ﾏ **Para el veterinario:** Me acaba de hablar mi perro,
¿qué le contesto?

ﾏ **Para tu hermano futbolista:** Lo sentimos,
pero el club ha decidido no renovarte el contrato.

ﾏ **Para tu hermana, la dentista:** Mi hijo se sacó
cuatro dientes jugando al fútbol. Los llevo para allá,
¿se los puede volver a poner?

Frases

que ayudan a que te crean
una mentirita

DIJISTE UNA MENTIRITA, UNA PAVADITA.
PERO NO TE CREEN. ENTONCES, TENÉS
QUE DECIR ALGUNA DE ESTAS COSAS
PARA QUE FINALMENTE TE CREAN:

"Mami, yo he hecho muchas travesuras pero me duele que no me creas cuando te digo la verdad."

"Tantas veces te mentí y no te diste cuenta ¡y ahora que no te estoy mintiendo no me creés!"

"Papi, te lo juro por lo que más quieras... ¡es decir, vos!"

"Tía, vos me enseñaste que mentir es feo y gracias a vos yo aprendí a ser un chico mejor."

Consejo de oro:

(Todas estas frases las debés decir con el tono más lastimoso posible para que tus padres se conmuevan y no te conmuevan a vos de un sopapo.)

"No lo hice, yo no fui, pero si a vos te gusta siempre castigarme a mí, estoy dispuesto a hacerte feliz..."

CÓMO PARECER BUEN HIJO SIN HACER NADA

Papi y mami te dicen siempre: Sos un atorrante, nunca hacés nada en la casa. Tienen rasón, pero si no querés hacer nada, mirá estos consejos y... ¡seguirás sin hacer nada!

Decile a mamá que la querés ayudar a lavar los platos. Hacé que se te resbale el primer plato y verás que mamá te aleja y nunca más te molestará para que la ayudes.

Decile a papá que le lustrarás los zapatos. Tomá pomada negra y ponésela a los zapatos marrones. Llorá y decí que fue un error porque era la primera vez que lo hacías. Tu papi jamás volverá a pedirte que le lustres los zapatos.

Decile a tu mamá que le regarás las plantas. Echale un balde entero de agua a una sola planta. A los dos segundos estarás mirando la tele sin que nadie te moleste. (No te preocupes, a la planta no le ocurrirá nada).

Decile a tu papito querido que le pasarás el cepillo
a su traje. Equivocate de cepillo y pasale el de
los zapatos. Llorá de rodillas pidiéndole perdón por ser
tan inútil y demostrale que estás muy avergonzado.
Encerrate en tu habitación... y jugá en tu PC.

Decile a tu papá que le lavarás el auto.
Después de ver el desastre que sos... ¡ni te dejará!

¿Cómo saber si sos más lindo que tu hermano?

Como buen atorrante, querés ser el más lindo, el chico más hermoso, más mimado. Y que tu hermano sea todo lo contrario. Para saber si sos más lindo que él, hay algunas pistas:

Vos sos más lindo que tu hermano cuando en la puerta de tu habitación hay una fila de chicas que quieren sacarte a pasear. En la puerta de la habitación de tu hermano está tu perro que le pide que lo saque a pasear.

Vos tenés una cara perfecta. Él, detrás de sus granos, tal vez tenga una cara.

De vos dicen
que tenés una "luz propia".
De él dicen que hace rato
le han cortado la electricidad.

Vos siempre sos el centro
de atención en los recreos.
A él lo dejan en el aula
para que los chicos
de grados inferiores
no se asusten.

Has recibido propuestas
para protagonizar la próxima
película de *Harry Potter*.
Tu hermano recibió
propuestas para protagonizar
El jorobado de Notre Dame.

Actividades
científicas
para pequeños atorrantes

¿Cómo podrás llegar a ser ese genio
(que tus padres esperan que seas) merecedor
del Premio Nobel, si antes no hacés algunas pruebas
e investigaciones? Pueden ser estas:

● Sacarle un pelo
a tu hermanita y mirarlo
con un microscopio.

Analizar con una lupa  la cremita blanca que sale de las cucarachas cuando las pisan.

Oler la cera que sacás de tu oreja con la ayuda de tu dedo meñique. (Nunca utilices una llave, un escarbadientes u otro elemento ajeno a tu dedo.)

Tomar una lupa y, colocándola al sol, quemar hojas, papel, hormiguitas. Nunca pruebes en tu dedo porque dejarás de convertirte en atorrante para pasar a ser un pavote.

Ladrarle a tu perro en diferentes tonos a ver si te entiende.

Rasquetear el ombligo con tu uña y ver qué sale de ahí adentro.

Ver cómo las hormigas se comen el rosal de tu abuela, sin que le avises a tu abuela.

Tratar de comunicarte telepáticamente con los peces de tu pecera. ¡Cuidado! Si escuchás que los peces te contestan, más que ser atorrante, ¡ya estás realmente loco!

Leyes Y MandamienTos

De LoS Pequeños ATorRanTeS

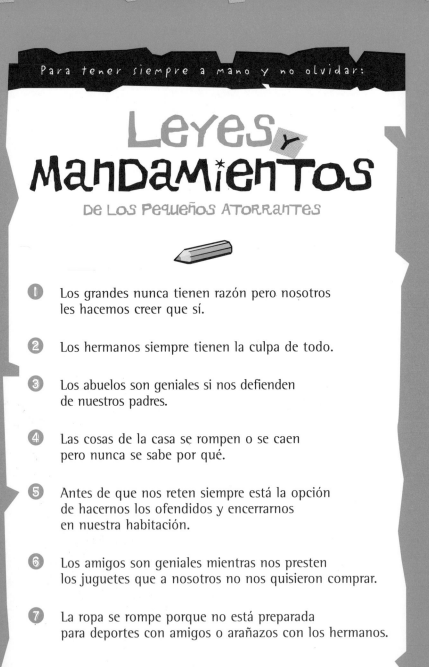

1. Los grandes nunca tienen razón pero nosotros les hacemos creer que sí.

2. Los hermanos siempre tienen la culpa de todo.

3. Los abuelos son geniales si nos defienden de nuestros padres.

4. Las cosas de la casa se rompen o se caen pero nunca se sabe por qué.

5. Antes de que nos reten siempre está la opción de hacernos los ofendidos y encerrarnos en nuestra habitación.

6. Los amigos son geniales mientras nos presten los juguetes que a nosotros no nos quisieron comprar.

7. La ropa se rompe porque no está preparada para deportes con amigos o arañazos con los hermanos.